こはるびや

初冬小阳春

风雅俳句 冬

郑民钦——编著

中国出版集团 现代出版社

俳句的魅力

俳句是日本民族传统文学的一种形式，是世界上最短的诗。

俳句古称俳谐，至近代始称俳句，一般认为产生于室町时代（1334—1600）的中期以后，其源发于连歌，是俳谐连歌的发句。

俳谐脱胎于连歌，连歌又诞生于和歌，所以季语的根源可以追溯到和歌。在“季语”这个术语产生之前，先有“季题”；在“季题”之前，先有“题目”，即“季之题”。其实，“季题”“季语”都是近代才出现的，古代称为“季之词”“季之题”，或单独一个字“季”。季题源于中国诗人的“题咏”，为和歌、连歌所继承，意为“季节的题目”。“季语”就是尤其在连歌的发句中备受重视的“季之词”，具有将发句的季题所引发的诗情具象化的作用。“季题”“季语”

均产生于近代，1908 年大须贺乙字首次使用“季语”一语。大须提出“季感象征”的理论，将形成季节核心的自然物象称为“季语”。俳谐、俳句重视日常生活中的季节感，季语就是“岁时记”中收录的“季节的词汇”。

俳谐的鼻祖当为山崎宗鉴（?—1553？）和荒木田守武（1473—1549）。他们把发句从连歌中分离出来，制定俳谐格式。发句有一定之规，必须具备五七五共三句十七音、切字（表示断句、咏叹或调整语调的助词、助动词等）、季语的条件，在某种程度上体现整首连歌的内容气质，具有一定的完整性，这就为以后发句的独立创造了条件。在这里，季语是发句不可或缺的三大条件之一。

至江户时代（1603—1867），松尾芭蕉（1644—1694）对俳谐进行革新，把俳谐变成真正表现自己内心生活的形式，通过俳谐表现汉诗、和歌、连歌等无法表现的美学情趣，创造出一种抒情诗般的俳谐美，并创立使俳谐获得更高更深层次的“风雅之道”的闲寂俳谐理论，从而使俳谐走上真正的艺术道路，进入文学艺术的殿堂，开创了俳句的黄金时代。由于对俳谐的贡献，芭蕉被日本人尊为“俳圣”。

“蕉风”俳句之后，江户时代中期诞生了可与芭蕉媲美的俳人与谢芜村（1716—1783），江户时代后期的小林一茶（1804—1829）是俳谐大众化的杰出俳人。

近代俳句始于明治时代（1868—1911）的正冈子规（1867—1902），他是和歌、俳谐革新运动的杰出旗手，虽然芜村时代已经出现发句从连句中脱离出来的苗头，但发句的完全独立基于子规的文学理论。他将独立出来的发句“俳谐”改名为“俳句”，其含意就是“个体”文学艺术的自觉性。在俳句近代化的过程中，首先必须确定季节感，子规在《俳谐大要》中指出：季语所引发的四季联想在只有十七音的简短俳句中具有重要的作用。他提倡写生，可以说，只有摆脱旧式的季题趣味，俳句才能获得新生。

季语赋予俳句以生命，诞生于四季风土的大自然以及生息在这块土地上的人们的生活，在漫长的岁月中逐渐形成其独特的体系。季语是对俳句最重要的制约，同时也是俳句产生诗歌般感人魅力的切入点。它的存在才能使扎根于日本土壤的诗歌展示其固有的特色。

季语在俳谐中是文学语，这种规制对作为文学的俳谐诗性也会产生负面的影响，因为它制约对自然美的自由体验。另外，并非只要使用季语，大自然的朴素美感就会转化为艺术美。当俳谐的大众化、平民化时代到来以后，由于创作手法的雷同、季语使用的模式化、自然观与人事观的因袭性，就出现依靠季语敷衍的“季题趣味”的现象。似乎只要有一本岁时记，就可以创作俳句。原本促使俳谐文学产生的季语反而成为俳谐文学停滞不前的因素。岁时记的发达一方面为作者的创作提供了极大的方便，另一方面也成为助长“季题趣味”的工具。

正因为如此，明治时代的正冈子规所开展的俳句革新运动就是从废除“季题趣味”入手，提倡真实抒写对象的写生说。子规对季语本身予以继承，破除的是近世末期的俳谐固定不变的窠臼，主张眼观手写对象的真实。这成为后来主张无季的契机。

昭和时代（1926—1989），随着时代的衍变，对季语在俳句文学中地位的认识所引起的争议使人们的思想认识产生多元化的倾向。毕竟生活在现代社会，人们的思想理念、生活情趣与芭蕉时代有很大的不同，俳句大众化的浪潮对季语的旧思维也产生了巨大的冲击，加上受到西方文艺思潮的影响，有人主张俳句也应该与时俱进，首要的就是冲破季语的“樊笼”。新倾向运动乃至后来的无季俳句是这个论点的主张者和实践者，但必须指出，他们并非一律不创作有季句，而是主张无季俳句同样也是具有艺术性的文学俳句。他们将季语视为单纯的语言，只是表达内容的一种手段，不是俳句所表现的目的，把季语从象征性中解放出来，并伴随着扩大素材以作为美感的一种手段。

这个主张主要为年轻人所接受，生活在工业化社会的人们对风花雪月的大自然的亲近感越来越疏远，对季感的淡漠、疏离是无须怀疑的事实。如果俳句对此视而不见，依旧迷恋于一成不变的传统，只能是死抱僵化的形骸，变成无病呻吟的自恋。这就涉及对俳句本质的认识问题，没有季题的俳句是否就没有美感，是否就没有诗歌特性；季语是否就是俳句美学原则的必备标准之一。如果无季俳句也具有诗歌美学，那么对俳句的本质以及形式结构也必须进行重新认识。因为俳句的美感不仅来自大自然的风物景色，社会上许许多多没有季感的现象也会产生美感，也可以用俳句这种形式表现出来。这是对季语核心论的反叛，也可以说是思想的进步，以为季语核心论是对自由诗歌精神的扼杀。新兴俳句运动、无季俳句、连作俳句、自由律、社会性俳句、前卫俳句等许多流派和形式，向传统俳句发出挑战，形成异彩纷呈的局面。

现在日本的俳句界虽然有季语、无季语并存，但主流依然是有季语。俳句在季语与超季语的界限问题上进行的争论已经偃旗息鼓，大家和平共处，在基本平静的状态中发生悄然变化，这包括对季感、季题、季语观念的重新认识。

俳句作为世界独特的短诗形式，表现日本人民在其美丽的自然环境中生活所产生的心灵感受，已经成为日本民族文化的精华。传统俳句，始终坚持不可缺少的三大要素：十七音、切字、季语。这是俳句成立的条件，是俳句的格律。十七音是发句的固有格式；切字是为了使发句的形态完整和谐，以便和平句相区别；季语是向读者表示符合时令的问候。季语，也称季题，表现季节感的语言。传统俳句在一句中需要一个季语，以表示作品的时间、色彩、气氛等，从而起到形成整体情趣的作用，体现俳句的美学性。包括季节、天文、人事、宗教、动物、植物等内容，数量庞大，编纂有许多岁时记等季语书籍。这是欣赏传统俳句不可或缺的形式要素。

传统俳句，一般很少表现政治、社会等重大课题，大多抒发个人对自然、生活的体验感受，是一种个体情绪的表达。这样的小诗只能以短小精悍、凝练余韵为其特色。读者可以从俳句的写生、语言、象征、比喻、声调、节奏、断句、破调、定型、字余、季语、格助词、叠字、叠句、双关语、结句等创作手法中感受其中的妙趣。诗贵含蓄，诗越短越难写。佳句以富有密度的语言进行创作，具有强烈的风土性和艺术性。

对于传统俳句来说，有必要从人与自然的关系来解释季题，而写生的方法是架设通过季题表现的自然生命与作者自身生命融合的桥梁，因此写生不能破坏格律，必须产生把大自然的生命体现于季题感觉的效果。

俳句译介到中国，一般认为始于“五四”时期，现在难以查考。二十世纪的三十年代和五十年代，有人翻译过少量的俳句，但没有什么影响。

二十世纪七十年代后期，我国学者开始重视和歌、俳句的翻译，并见诸报刊。随着日本俳人与中国诗人的交流不断增加，越来越多的中国人开始了解俳句，译作不仅数量大增，而且质量提高、形式多样。

关于翻译的形式，一九七九年，我国学者曾就和歌、俳句的翻译形式问题展开过一场争鸣，其焦点主要是采取什么样的翻译形式才能比较完美地体现俳句的本质。大家各抒己见，提出种种见解，这对更准确地理解俳句、提高翻译质量无疑起到很好的推动作用。

俳句（和歌）难译，诗无定译。但经过许多译者的不断探索和实践，根据自己对原作的理解，进行各种尝试，取得不少有益的经验。归纳起来，汉译形式大致有“唐诗宋词式”、口语式、五（七）言两句式、五（七）言绝句式以及按照原诗的五七五句式等。

日语的复音语节与汉语的单音语节的差异，成为俳句汉译的一大难题，使得译文与原诗难以保持形式的一致。如增字不当势必破坏俳句含蓄蕴藉、意在言外的真味，没有留给读者品尝咀嚼的余地，把话说尽，情浅脉露，实成蛇足。二者难以得兼时，只好舍形式取意韵。就是说，俳句所追求崇尚的余韵意境比形式更为重要。

我认为，汉译俳句，一般宜用“唐诗宋词”的形式。这里说的“唐诗宋词式”只是借用，并非严格意义上的格律诗词，是指根据俳句原意选择适当的翻译形式，不拘泥于一种形式，可用两句、三句、四句，甚至一句；每句不拘字数，一般不超过七个字，但特殊情况也可突破；每句字数可一致，也可采用不一致的长短句。这种形式注重内容，比较自由，能够凝练地贴近原作的内涵，其不尽如人意处在于多是与原文不相一致的形式。

至于遣词造句、文白相兼的问题，则宜根据原诗而定，体现其格调神韵。我国的古典诗歌译成外国文字，日文借用汉字，译出来要比其他文字更接近原诗，即使如此，原诗的字数、平仄、对仗、押韵、双关语、节奏、语言音乐感等也无法体现出来。同样，作为日本民族文学形式的俳句，其语体特征产生于日本文化的土壤，具有独特的表现手法，往往在汉语里很难找到适当的对应词。

诗是语言的超常结构。诗歌，尤其古典诗歌的翻译，归根结底是两种文化的差异，要做到形式与内容的高度和谐统一是至难之事，甚至几乎不可能。文化的翻译往往必须超越体现在不同语言里的不同历史背景、自然感觉、宗教信仰、生活感受、风俗习惯等障碍，必须在语言里寻求到恰当的曲折后才能完成，是一次“再创作”的过程。诗歌作为异质文化在语言上最典型的反映，它的翻译是通过对文化的异同性进行综合的协调，克服两种语言的对峙、差异、变换、怀疑等纠葛，尽量缩短双方的距离，创造出一个具有折射性的新的感受性世界。在这儿，不得已存在的某种程度的违和感是容许的。因此，无论多么优秀的译文，自然都浸透着译者的文化心态和审美体验，都是“变形”的，不可能与原文“等价交换”，更不可能以一个民族的诗歌格律硬套另一个民族的传统诗歌，只能力求最大限度的“近似”。如果碰到无可逾越的独特的异质文化墙壁，这时的翻译是不可能的。

神似才是翻译的化境，才是翻译的最高境界。一篇译文的质量高低，不妨用这个标准去衡量。尤其诗歌的翻译，重节奏、讲含蓄、尚简洁、崇气韵，灵活性就更大一些。总之，我认为，俳句的翻译应该坚持“形式为内容服务”“再创作”“意准神似”的原则，这样才能做到形神兼备。至于形式，其实无须一统的天下，百花齐放、百家争鸣才是真正的繁荣。

本书的读者恐怕多半不懂日语，这就涉及中国人的鉴赏习惯与日本人的审美情趣的差异导致在很大程度上影响着对俳句的美感理解的问题。但俳句既然是诗歌，就具有诗歌的共性，神韵是诗歌的灵魂，外在性以及语言的雅俗、格律、节奏等都是为诗之精神服务的。把握诗歌的这个共通点，就能理解、欣赏俳句的生命内涵。

本套书题名为“风雅俳句”，乃取芭蕉对俳谐的定位。他认为俳谐是“风雅之道”，风雅是日本文学的传统理念，“道”是日本平安时代以后所有艺术的根本精神。从这个意义上说，芭蕉对俳谐的认识依然以传统的艺术理念作为基础，认为它与和歌、连歌在本质上具有相同的价值。在俳谐之道中导入风雅，“风雅”是芭蕉对俳谐的代名词，其所追求的“风雅之诚”成为俳谐文学的精髓。

俳句在其几百年的发展过程中，由于社会的衍变和外来文化的影响，其外在形式、表现内容、创作方法以及理论都发生过重大的变化。本书所收录的是近代以前的传统俳句名作，编排方式依春夏秋冬类别，不分题材，以人为序，人以年次，作者第一次出现时附以简介，我认为这样可以更原本地理解俳句的真实内在性。

本书的编写参考了大冈信《四季之歌》、尾形仂《俳句解释与鉴赏事典》、今荣藏等《芭蕉入门》、鹰羽狩行《怎样欣赏俳句》等诸多有关书籍。本书曾由其他出版社出版，此次承蒙现代出版社的朱文婷女士的诚挚相邀，予以增添修改，并配以适当图片，由该社出版，谨致以衷心的感谢。鉴于编者水平，难免舛误，敬请方家指正。

郑民钦

2019 年 1 月改定

目录

池西言水

木枯(こがら)しの果(はて)はありけり海(うみ)の音(おと)

初冬寒风吹到头，
化为大海波涛声。

池西言水（1650—1722）

谈林派的重要俳人。延宝后期江户俳坛的重镇，天和二年（1682）移居京都后，成为京都俳坛的主流，元禄时代的六大名家之一。他和芭蕉等摸索俳谐发展的新方向，创作注重听觉形象、富于机智，擅长用典，语言精巧，充满妖艳幻想的感性，具有唯美色彩，显示蕉风萌芽时期的风格，但始终未能完全摆脱谈林派的戏谑趣味。

⁎**季语**　初冬寒风

⁎**赏析**

此为言水名句。寒风凛冽，吹刮在山头、原野，呼啸而去，何处是它们的尽头呢？当寒风吹到波涛汹涌的海上，便消失在激荡喧嚣的涛声里。这就是寒风的归宿。

风也有吹到头的时候，这个表现手法就十分奇特，这“尽头”就是“大海”。但从《湖上眺望》题目来看，大概是作者站在琵琶湖边的吟咏，这里的“大海”其实是“大湖”。日文的“木枯”一般指秋末至初冬期间的寒风，这里应该是从比睿山刮下来的风。不过，人们在欣赏这首俳句的时候，往往摆脱实指的局限，把“大海”理解为真正的大海，在更加广阔的背景里领悟对大自然的感受。

井原西鹤

かれのかな　　　　　とき　おんなくし
枯野哉つばなの時の女櫛

荒野草木枯，
何人采撷茅草花。
遗落小木梳。

井原西鹤（1642—1693）

十五岁从贞门学俳谐，后师从西山宗因，成为新风俳谐的猛将。他的“矢数俳谐”以量取胜，他本人最多时一昼夜独吟二万三千五百句。虽然显示着宗因派的俏皮趣味和作者随机应变、丰富敏捷的联想力，带有叙事诗乃至散文的性格，但这种只管数量、不问质量的比赛造成俳谐的堕落，后来他停止这种无谓的大流行，只对俳谐进行点评指导。西鹤还是当时首屈一指的小说家，创作有《好色一代男》《好色五人女》《好色一代女》《日本永代藏》等描写市井社会的形形色色世相的小说。

⭑季语　枯野

⭑赏析

这是西鹤晚年的一首俳谐，作者漫步在冬天的荒野上，从突然发现的一个小巧的木梳，推想到是春天来采撷茅草花的女性遗落的。荒凉寂寞的冬景里点缀着一点艳丽的色彩，枯野的萧条与令人感觉艳美的年轻女性的梳子的对照是这首俳谐的生命。

松尾芭蕉

雪(ゆき)の朝(あした) 独(ひと)リ干鮭(からざけ)を嚙得(かみえ)タリ

清晨雪纷飞，
独啃鲑鱼干。

松尾芭蕉（1644—1694）

以毕生精力将追求诙谐、大众化的贞门、谈林初期俳谐提高到真正的纯文学高度，孜孜不倦地追求俳谐在更高更深层次上的艺术性，引领俳谐进入文学艺术的殿堂，形成以《芭蕉七部集》为代表的蕉门风格，并创立俳论，开创了俳句的黄金时代，成为近世诗的代表。他的作品所提供的典范作用至今还没有被人逾越，被日本人民尊为“俳圣”。还著有纪行文集《奥州小道》等。

*季语　雪

*赏析

此句前言写道:“富家食肌肉,丈夫吃菜根,予清贫。雪晨独嚼得鲑鱼干。”这是作者真实生活的写照。当时芭蕉从京都来到江户,生活清苦,居无定所,据说曾在石头川关口町干过挖埋水管的活儿,但是与谈林派俳人交往,刻苦钻研俳谐。前言是说富人吃肉,而胸怀大志的大丈夫啃着菜根,清贫如洗。这无疑是受到《菜根谭》(明朝洪应明)的启发。汪信民尝言“人常咬得菜根,则百事可做”,(朱熹《小学·善行实敬身》)意为只要忍受得了贫困生活,则凡事必将有所成就。芭蕉虽然当时在俳谐领域已经取得一定的成就,开始设帐授徒,但尚未完成改造俳谐的大业,此句表明自己安贫乐道,不为贫困所折,致力俳谐的决心。从芭蕉走过的人生道路来看,此句具有很大的分量。

松尾芭蕉

旅人(たびびと)と我名(わがな)よばれん初(はつ)しぐれ

初冬寒雨第一阵，

诚盼唤我为“旅人”。

⋆**季语**　初冬寒雨

⋆**赏析**

贞享四年（1687）十月，芭蕉从江户到故乡伊贺过年，并于翌年（元禄元年）偕门人杜国去吉野、高野山、和歌浦、奈良、大阪、须磨、明石。四月去京都。这就是“笈之小文”的旅行。芭蕉回乡之前，门人们在其角亭设宴饯行，这是当时芭蕉所吟之句。此时的芭蕉，经历过心情悲壮的“野曝纪行”旅行，声名鹊起，门人众多，因此对于“笈之小文”的旅行充满信心。

他在《笈之小文》中这样写道：“十月初，[①] 天气欲雨不雨，以风中落叶之身，漂泊无定之心启程。”让别人称自己为“旅人”，显示出芭蕉总是以漂泊无定之心对待人生旅程的态度，透出他对“旅人”命运的自觉性和享受其中乐趣的风情。具体地说，他让门人们这样称呼他，但从历史角度来看，芭蕉的一生正是对“旅人”这个宿命理解、接受、喜爱的过程，从中感受到他认真而清爽的心态。他曾立志腾达成名，曾潜心修禅悟道，最终都一事无成，唯有对俳谐不改初衷，终为一生之事。他以歌人西行、连歌师宗祇、画家雪舟、茶人千利休等作为自己的榜样，决心“吾道一以贯之”。

---

① 贞享四年（1687）10月11日。

松尾芭蕉

艪の声波を打って腸凍る夜や涙

寒夜听橹声，
击浪回响冰肠断，
孤寂泪涕零。

* 季语　寒冬

* 赏析

寒冬之夜，从冰冻的水面传来舟船吱嘎吱嘎摇橹的声音，悲哀的心情穿肠而过，在孤苦伶仃的艰难日子里独自落泪。这是芭蕉早期在草庵生活的真实写照。他在《寒夜辞》中这样记述:“岁暮寒风之悲。坐月叹空樽，倚枕愁薄衾”，一幅窘迫困顿的光景。然而，穷且益坚，不坠青云之志，芭蕉始终以古贤自励，在孤寂寒冷的夜晚，忍受着饥寒交迫的煎熬，以“啃草根”的精神一心攻读古典文学，钻研俳谐之道。

深川草庵的困苦日子是他磨炼意志的时期，激励着他不畏艰难，锲而不舍、勇往直前地在俳谐之道上创业成就。这一段生活给他留下刻骨铭心的记忆，在不少俳谐和俳文中都有所记载。如“寒风扫落叶，堆积柴门前。余扫门前叶，焚燃烹茶煎。”“嚼冰冻且苦，买水润喉如偃鼠。”“贫山铁锅霜降天，夜来自鸣声凄寒。”等等。

松尾芭蕉

夜着は重し呉天に雪を見るあらん

寒夜睡衣重，
莫非吴天雪？

* 季语　寒夜

* 赏析

冬夜，裹着衣服睡觉，忽然觉得睡衣沉重。想起《诗人玉屑》所载闽僧可士的“一钵即生涯，随缘度岁华。是山皆有寺，何处不为家。笠重吴天雪，鞋香楚地花。他年访禅室，宁惮路岐赊”。吴天现在大概正在下雪吧？“吴天”是“吴国的天空”，在这里比喻“远离京都的异乡天空”，表现作者的思乡之情。

芭蕉在《奥州小道》的《草加》中说：“即使备尝吴天白发之恨，犹欲亲临虽耳闻尚未目睹之胜地。”“吴天白发”，即是将吴天的白雪比喻为白发，或者说白雪化为头上的白发。在俳文《斗笠记》中也说“持杖行于吴天之雪”，都是以此感叹羁旅之艰辛，将吴国降雪比喻为自己“白发般”的艰苦行旅，旅愁萦怀，致使头发皆白。

同样写雪，芭蕉的弟子榎本其角的感受就大相径庭。他说“若思为我物，笠上雪亦轻”，此句题为《笠重吴天雪》。直接引用上述可士的诗句，但反其意而用之，把斗笠上的积雪想做自己的东西，就不觉沉重，而反觉得轻了，带有滑稽的味道。

其角不像芭蕉那样追求俳谐的纯艺术，他是一个吟咏现实社会千姿百态的作家，所以作品极少芭蕉那样的禅味。这句所写的把斗笠上的雪想象是自己的东西，正是江户町人私有欲、占有欲的活生生的心态的表现。这与芭蕉对物欲的淡漠实在不可同日而语。其角虽然走自己的路，但对芭蕉的作品予以充分的评价。

《雪中伊吹山》桥口五叶

松尾芭蕉

初(はつ)しぐれ猿(さる)も小蓑(こみの)をほしげなり

入冬初降雨，
猿也思蓑衣。

* **季语**　冬雨

* **赏析**

芭蕉在旅次的近畿地区逗留期间，审定向井去来、野泽凡兆编纂的《猿蓑》，并于元禄四年（1691）出版。这部网罗全国蕉门作品的句集是蕉风鼎盛时期的结晶，标志着蕉风艺术的高峰。此句为《猿蓑》卷首。有题记云："暑夏已经过，悲秋亦来，山家迎接初冬。"入冬初雨，虽感萧瑟，却也别有情趣，大概连猴子也想穿上蓑衣欣赏雨景吧。

榎本其角在《猿蓑》的序文中说："吾翁云一心只为俳谐注入神魂，过伊贺山中，云如给猿猴穿上蓑衣，注入俳谐神魂，则有断肠之鸣。实乃可怕之幻术也。"自古感猿啼之哀怜，然其角言猿猴不啼叫，比喻如给俳谐注入神魂，也会如猿猴发出令人断肠之哀鸣。这就是"幻术"。芭蕉飘逸的诗心与滑稽的构思相结合，发出人生似行旅的感慨，将人的意识渗透进"冬雨"的存在里，表面的机智戏谑的想象其实深藏着严肃的观念。

周作人以口语体翻译此句为："初下雨的时候猿猴也好像很想着小蓑衣的样子。"

松尾芭蕉

月白(つきしろ)き師走(しはす)は子路(しろ)が寝覚(ねざ)め哉(かな)

腊月月色白，

子路睡醒时。

⭑季语　腊月

⭑赏析

年底是忙忙碌碌的日子，不过芭蕉是行吟俳人，随性而为，不为世俗所累，所以他依然关心天上的明月。清澄辽阔的夜空，高悬一轮明月，皎洁洁白，如同子路。子路是孔子的著名弟子，孔门十哲之一，为救孔悝与卫后庄公的家臣战斗，战死。孔子说："道不行，乘桴浮于海。从我者，其由与？"他刚健直爽、质朴清廉，信守承诺，尽忠履职，是一个洁白无瑕的人。在这里，芭蕉用子路的高尚品德，而且是刚刚睡醒时候的无垢真实比喻腊月的风清月白。芭蕉的比喻出人意表，却十分独到，唯芭蕉才有的手笔。

服部岚雪

蒲团着て寝たる姿や東山

裹被睡卧人，
东山如其姿。

服部岚雪（1654—1707）

蕉门中仅次于其角的长老，武士。元禄元年（1687）开始接连出版《岁旦》《若水》《其袋》《或时集》等，与其角并称“蕉门双璧。”芭蕉说，“草庵有桃花、樱花，门人有其角、岚雪”，视他们为自己最得意的弟子。后来虽然与芭蕉的“轻妙”俳论意见不合，但仍然极其尊重芭蕉，真诚之心始终不渝。元禄八年（1695）剃发，悉心修禅，对俳谐不即不离，但门人众多，自成雪门一派。句风情感真挚，静谧稳重，温厚笃实，且时常纤细多感。

* **季语** 被子

* **赏析**

此为岚雪名句，题为《东山晚望》。冬天的傍晚，从京都眺望东山，那蜿蜒起伏的诸多山峰，其状如同裹着被子睡觉的人。

东山不是一座山，而是京都盆地东面的山脉总称，广义指北起比睿山、南至稻荷山的群山，有“东山三十六峰”之称。“东山”的称呼始于平安时代，历史悠久，有伏见稻荷大社、清水寺等著名神社、寺院。

这个“裹被睡卧人”，头枕比睿山，由左往右，脚在稻荷山，形成巨大的斜面，气势宏大，展现出大自然的雄伟景象。

向井去来

おうおうといへど敲(たた)くや雪(ゆき)の門(かど)

虽闻应答声：
“噢，来了，这就来。”
犹敲雪下门。

向井去来（1651—1704）

江户时代前期的俳人，蕉门十哲之一。与凡兆共同编纂《猿蓑》，被誉为“俳谐的古今集”。所著《去来抄》乃蕉风俳论之白眉。在嵯峨建落柿舍，芭蕉的《嵯峨日记》即创作于此庵。句如其人，温和稳重、质朴素雅，善于从正面捕捉对象，直截了当地抓住事物的本质。晚年对俳坛新潮流持消极态度，坚持信奉《猿蓑》风格，显示其保守的一面，但同时认为俳坛缺少芭蕉这样的革新人物。

⁎**季语** 雪

⁎**赏析**

此句为去来的代表作之一，广为传诵。大雪纷飞，有客来访，虽然屋里有人连声答应“来了，来了”，但来客不知是没听见还是等不及，依然急促地敲门。作者似乎站在第三者的角度来描写，其实应答的该是作者本人。“来了，来了，这就来”的口语使作品生动活泼，与下一句的“犹敲雪下门”的文语形成一个反差，产生曲折的感觉效果。

森川许六

新藁の屋根の雫や初しぐれ

屋顶刚葺新麦秸，
初降冬雨水滴答。

森川许六(1656—1715)

蕉门十哲之一。元禄五年(1692)入芭蕉门下，是芭蕉晚年的弟子。他精通狩野派绘画，通过美术的审美观理解蕉风的闲寂，深悟芭蕉“轻妙”俳论之要谛。元禄六年(1693)，芭蕉在《许六离别词》中说：“其画余以为师，余教以风雅，以其为弟子。师之画精神深彻、笔致玄妙，其幽远奥秘。”芭蕉殁后，他著有向井去来的俳谐对话集《青根峰》《韵塞》《篇突》等，弘扬芭蕉的俳谐思想。其性格狷介傲岸，然句风精巧细致。

* 季语　初冬

* 赏析

选自《韵塞》。初夏，收割成熟的金黄色的麦子，脱粒后剩下麦秸，再用这新的麦秸换下屋顶上的旧麦秸。刚铺好不久，下起第一场冬雨。水珠从屋檐上滴滴答答掉下来。麦秸的屋顶与雨水的声音营造出宁静沉稳的雅趣。尤其新葺的屋顶使家庭的气氛焕然一新，这个“新”与第一场冬雨的“初”结合在一起，暗示着静心聆听雨声的人的心情。

许六句风细致，构思如绘画，具有美丽的色彩感觉。如“清爽拂凉风，绿畴上面浮云影”，云影落在绿田上，轻风吹拂，嫩叶摇曳，给人鲜明的印象；“拂晓骑上菊花青，忽见溲疏开”，初夏的拂晓，骑上菊花青马，正准备上路，忽然看见篱笆下开放着溲疏的白色花朵。

越智越人

煤(すす)はきて心(こころ)の煤(すす)はかへり見(み)ず

打扫尘土迎新年，
心上灰尘却不顾。

越智越人（1656—？）

芭蕉门人，曾两次随芭蕉旅行，接受其指导，作品被选入《旷野》《猿蓑》。一生贫困孤独，句风早期具有蕉风特色，洋溢着古典主义的情趣，后期偏重理智，晚期则有词穷之嫌。

* **季语** 新年

* **赏析**

这是他在享保十五年（1730）七十五岁迎新年时写在岁旦帐上的俳句，为除夕之感。题记云："此有羞耻之事"，自己岁数已不年轻，但还是和大家一样，在年前打扫灰尘，修补墙壁，更换油灯，但是今年没有打扫心灵的灰尘就过了年。看似传统道德的言论，其实是作者质朴的感受。

曾与芭蕉进行连句唱和，芭蕉吟"昨夜同衾，窈窕娴雅身"，越人续吟"感冒声哑亦相亲"。王朝时代的青年男女一夕欢乐之后，翌日清晨，贵族小姐送郎君出门，难舍难分。其态娇羞动人，连感冒的沙哑声也备感亲切悦耳。这种唱和在蕉门甚为流行。

榎本其角

声かれて猿の歯白し峰の月

明月衔山峰，
猿声嘶哑牙齿白。

榎本其角（1661—1707）

江户时代前期的俳谐师，蕉门十哲第一人。曾编撰标志着芭蕉从谈林派向蕉风转变的著作《虚栗》，同时也确立了自己在俳坛的地位。在追悼芭蕉句集《枯尾花》中以门人代表撰写《芭蕉翁终焉记》，名噪一时。后逐渐摆脱蕉风，形成自己独特的风格，以新兴都市江户的文化为背景的新的俳论，并进行创作实践。其作品具有都市人的审美意识，尤其表现江户人的机巧风流，善于华美的比喻、精巧的构思，所作人事题材的俳谐，多有深奥费解之句。

* **季语**　月

* **赏析**

此句题为《巴江》。“巴江”即中国的巴峡，以猿啼著称，古来多有诗词吟咏。所以此句是汉诗的翻译或是主观性的想象。猿猴对着衔山的明月啼叫，声音嘶哑，露出洁白的牙齿，格外显眼。

元禄七年（1694），其角出版《句兄弟》，把这一句与芭蕉的“店头咸鲷鱼，牙齿毕露亦寒冷”并列，对自己的作品解释道：“应是冬天之月，借素有‘山猿叫，山月落’之称的巴峡之凄厉猿声表现山峰之明月。宜可谓沾衣声之余情。”芭蕉受到此句的启发，后来创作“入冬初降雨，猿也思蓑衣”，但二者情趣大相径庭，其角完全是想象，显得空幻；芭蕉则有闲寂之趣。同样，其角的“猿猴牙齿”是“虚空”，而芭蕉的“咸鲷鱼牙齿”是“具象”，显示他们对俳谐认识的相异。

榎本其角

あれ聞(き)けと時雨(しぐれ)来(く)る夜(よ)の鐘(かね)の声(こえ)

"你听！"
初冬寒雨至，
夜闻钟声响。

* **季语**　初冬寒雨

* **赏析**

这首俳句的问题在“你听”，告诉对方“夜间初冬的寒雨中听见寺院的钟声”。此句无序言，不知道作者是在什么场合吟咏的。那么，是谁对谁说的呢？历来有两种见解：一种是主人对客人说，或者反过来客人对主人说的话，而且两人的关系十分亲密。另一种解释是夫妇之间的对话，或在夜半，被雨声和钟声吵醒后说的悄悄话。当然，不同读者，还可以想象各种不同的场景。

内藤丈草

まじはりは紙子(かみこ)の切(きれ)を譲(ゆず)りけり

纸衣有破洞，
送我纸片作补丁，
贫交情谊重。

内藤丈草（1662—1704）

江户时代的俳人，蕉门十哲之一。曾为藩士，后出家，移居京都、近江。晚年专心抄写《法华经》以追善先师，并于元禄十六年（1703）建经冢。句风闲寂，多吟咏身边杂事，题材范围狭窄，创作是“乘兴而吟，兴尽而忘”，十分随意，但他一直坚持芭蕉闲寂的风格。

* **季语**　纸衣

* **赏析**

此句题为《贫交》，是其早期作品。曾为尾张藩士，后隐居遁世。在京都入蕉门，深得芭蕉信赖，起草《猿蓑·跋》，后移居近江。芭蕉门人中，清贫脱俗之狂放俳人首推丈草，生活极其简朴。“纸衣”是在厚厚的白纸上涂以柿油，晒干后经过一夜露水湿润，然后揉软，作为布的替代品做成的衣服，夜晚也用作被子。纸衣是贫困的象征，而他连做补丁的纸片都没有，更表明贫穷至极。朋友见我的纸衣已破，便送给我纸片作为补丁，称颂贫穷之交的友谊。

内藤丈草

鷹の目の枯野に居るあらしかな

苍鹰锐目矩如电，
凝射枯野朔风寒。

* 季语　鹰

* 赏析

丈草以含蕴深厚、澄明恬淡的句风和高洁清健的境界见胜，蕉门弟子中，恐无出其右。此句所写并非翱翔于山野的野鹰，而是兀立在鹰匠手上等待猎物的驯鹰。苍鹰电光石火般敏锐的目光凝视着朔风怒吼的萧瑟枯野，等待猎物的出现，准备随时奋然搏击，一股紧迫凄厉的气氛令人战栗。当然，对此作品的理解，不必囿于一种解释。

《日光神桥》川濑巴水

野泽凡兆

長々と川ひとすじや雪野原

茫茫原野雪，
长长一细流。

野泽凡兆（？—1714）

画。

元禄元年（1688）入芭蕉门下。曾与向井去来合编《猿蓑》，为蕉风的发展作出贡献。后逐渐离开芭蕉，元禄六年（1693）坐事入狱五年，出狱后重返俳坛，但已失去先前的风采。性格刚毅，具有强烈的个性。句风清秀鲜明。

* 季语　原野雪

* 赏析

一夜雪飘，第二天早晨一看，只见原野、田地、山岭、道路都铺上一层皑皑白雪，银装素裹，一条细细的河流从雪中贯穿流去。这里茫茫辽阔的面与细长河流的线、无声的雪原的静与仿佛能听见声音的流水潺潺的动、雪之白与水之黑交织在一起，融化为一体。作者在广袤冰雪世界的大自然中，发现一道清澈细流蜿蜒前行的坚定脚步，大为感动，而面对这样雄伟的景观，自己仿佛进入一个清净安宁的境界。

凡兆的句风多是客观描写，富有绘画般的色彩感。此句的景致也如一幅水墨画，和与谢芜村的俳画有相通之处，有一种意在言外的感觉。

斯波园女

冴(さ)ゆる夜(よ)の灯(ともしび)すごし眉(まゆ)の剣(けん)

寒夜待灯下，
剑眉渐可怕。

斯波园女（1664—1726）

随其夫学俳谐，贞享五年（1688）入芭蕉门下。芭蕉曾有《一有之妻》赠送她：“门帘深处，幽雅北堂梅。”后削发为尼。性格豪爽磊落，句风朴直平淡，是蕉门最负盛名的女俳人。

*季语　寒夜

*赏析

此句题为《恋》。深夜，寒气袭人，女性在昏暗的灯下等待自己的心上人，但他一直未来，渐觉坐立不安，心情烦躁，不由得剑眉紧皱。当然，此句未必是作者自身经历的描写，只是小说般的情节虚构，但恐怕只有性格激烈的斯波园女才会如此构思。这首俳谐表现女性的男性化躁烈，与她的其他俳句形成鲜明的对照。

樱井吏登

ほれぼれと日を抱く庭の落葉哉

院子满落叶，
陶醉抱冬日。

樱井吏登（1681—1755）

江户时代中期的俳人。师从服部岚雪，继承雪中庵二世。晚年隐居深川。句集有《吏登句集》等。

*季语　落叶

*赏析

此句的“陶醉”指落叶对冬日的眷恋、痴迷、沉湎。堆积在院子里的落叶沐浴着冬天的阳光，如痴如醉地怀抱着太阳。“陶醉”一语充分表现俳谐的脱俗风雅。据说作者本人就是安于清贫的风雅之人。

横井也有

親(おや)の名(な)に傘貸(かさか)してやる時雨(しぐれ)かな

不意遭阵雨，
借伞先问其父名。

横井也有（1702—1783）

江户时代中期的俳人。尾张藩的重臣，曾任御用人、寺社奉行等职。五十三岁时隐居，之后三十年潜心于俳谐、书画、谣曲等，过着悠闲自在的生活。精通俳文。

⋆**季语** 阵雨

⋆**赏析**

此句写小孩子忽遭阵雨，跑到屋檐下缩着身子避雨，屋主人觉得可怜，打扫把雨伞借给他。但为慎重起见，询问孩子父亲的名字，没想到是自己的熟人，便微笑着把雨伞借给他。这是市井生活的一个小场景。

与谢芜村

冬鶯（ふゆうぐいす）むかし王維（おうい）が垣根（かきね）かな

冬日闻黄莺，
遥忆昔时亦曾听，
王维墙垣上。

与谢芜村（1716—1783）

江户时代中期俳人、画家。其画与池大雅比肩。对汉诗文有很高造诣。他是天明时代俳谐中兴的代表，印象鲜妍的唯美浪漫句风与芭蕉的“优雅闲寂”形成鲜明的对照，具有近世诗歌新风，开拓了与芭蕉迥异的艺术世界，在俳谐史上的地位可以与芭蕉媲美。著有俳谐句文集《新花摘》、长诗《春风马堤曲》等。

* **季语**　冬莺

* **赏析**

冬天，作者在病榻上听见黄莺啼鸣。因在冬季，也许是作者的幻听。这声音如此熟悉亲切，自己昔日也曾听过。黄莺似乎在墙头啼鸣，令人想起王安国诗句“缭垣乌鹊近人飞，帘外曈曈日上迟”中的辋川庄的墙垣。

这是芜村于天明三年（1783）十月二十四日夜遗下的题为《初春》的三首绝笔中的第一首。另两首是：“我问小黄莺，缘何窸窸窣窣响？翠竹洒轻霜。”“白梅初绽开，夜色已破晓。”

此时他意识到死之将临，觉得在院子的墙头上鸣叫的黄莺的声音既亲近又遥远，他的心随着声音进入非现实的世界。从前两首的冬天黄莺的啼鸣里蕴藏着第三首春天的信息，目光从冬天的黄莺转向春天的梅花，渴望春天的心情在白梅中得到升华，成为芜村涅槃的形象。这三首绝唱充满芜村憧憬美好春天、眷恋生活的人生态度以及最终超越风雅进入清澄世界的平静心态。

芜村作完此句后于翌日拂晓去世，当时天尚未亮，春尚未至，但芜村通过这三句明确表示自己意识的流动，芜村谢世后，几董等门人根据他的“愿我墓碑旁，亦有《枯尾花》”的遗愿，葬于金福寺芭蕉庵墙外的芭蕉句碑旁。

与谢芜村

斧入レて香におどろくや冬木立

萧瑟寒冬树，
斧斫惊流香。

* **季语**　寒冬树

* **赏析**

此句描绘严冬萧瑟的树木，也许冷得连树液都已凝固，但樵夫斧头斫进，新鲜馥郁的香气扑鼻而来，令人惊叹。“惊”为此句的“诗眼”，浓郁的芳香正是树木旺盛的生命力的表现，作者折服于整体树木在寒冬里的顽强活力，体现出芜村的近代意识。

诗歌表现嗅觉感，常见赞美梅花、菊花、樱花等香气，似乎很少有人注意到树干的芳香。芜村的俳句具有强烈鲜明的绘画印象。

与谢芜村

石に詩を題して過る枯野哉

石上题诗过枯野。

* 季语　枯野

* 赏析

选自《芜村遗稿》。芜村对汉诗文的喜爱比芭蕉有过之而无不及。《和汉朗咏集》中白居易的诗歌从平安时代中期以后就广受欢迎。这首俳谐是对“林间暖酒烧红叶，石上题诗扫绿苔”俳谐式的改写。所谓“俳谐式”，如把原作的季节“秋天”改为“冬天”的枯野，并且把原作的典雅华丽意境改为孤独羁旅的机智，营造出另一种完全不同的情趣。

《富士十景之河口湖》吉田博

与谢芜村

寒月や門なき寺の天高し

寒月高天寺无门。

⋆**季语**　寒月

⋆**赏析**

寒月是冬日夜空的皎皎明月。这首俳句感受到作者目光的移动，先看月，后看寺，再看天。寺院无门，显得天空更高，这是作者的主观感觉，从而凸显冬月之寒，清辉之冷、寺院之静、夜空之澄、天宇之阔。寺院怎么会无门呢？这是一座残破的小寺院，寺门已荡然无存，正殿犹在。作者站在荒废的寺院前，抬头眺望清冷的冬月，自己也成为这虚幻空间里的一景。现实与幻想的交融是这首俳句的技巧所在。虚实结合是芜村创作的一大技巧，如“遍野菜花黄，东有新月西夕阳”，“月到天心处，独过贫民街”，都是将现实的景物投影到自我心灵里，虚化成另外的世界，营造唯美的氛围的空间。

大岛蓼太

寒梅や雪ひるがへる花のうへ

寒梅凌寒开，
雪花翻飞落花上。

大岛蓼太（1718—1787）

江户时代中期俳人。宽保二年（1741），从江户沿芭蕉“奥州小道”的路线旅行，收集芭蕉遗作。延享四年（1747）任雪中庵三世，提倡回归芭蕉，为普及俳谐和弘扬芭蕉业绩做了大量工作。蓼太著作颇丰，编纂书籍二百余种，门人号称两千。其作品平易明快。

⋆**季语**　寒梅

⋆**赏析**

寒梅的晚冬的季语，也有人将其归于早春。此句明白如话，飘舞缤纷的雪花落在暗香浮动的梅花上，梅花与雪花重叠在一起，这是作者精致的观察，一幅美丽的飞雪落梅图。有王安石《梅花》的“墙角数枝梅，凌寒独自开”之味，与服部岚雪“寒梅开一朵，一朵一分暖”有异曲同工之妙。

明治时代的教育家新岛襄有一首汉诗《寒梅》云:“庭上一寒梅，笑侵风雪开。不争又不力，自占百花魁。”与谢芜村有“寒梅开，奈良墨店主人脸”，日野草城有“寒梅开，月甚色”句。

黑柳召波

傘(かさ)の上(うえ)は月夜(つきよ)のしぐれかな

月夜寒雨落伞上。

黑柳召波（1727—1771）

江户时代中期的俳人。京都人。师事服部南郭学习汉诗文，为芜村门下俊秀。芜村赞其句风“清韵洒落”，(《春泥句集·序》)“少有的高迈风流家”。(书简）他忠实践行芜村的将汉诗精神融于俳谐的教导，其作品带着浓厚的汉诗色彩，被称为“小芜村”。他去世后，芜村为其遗稿《春泥集》作序云:“京都有奇俳人者，今作古，犹折愚老一臂。”

⋆**季语**　寒雨

⋆**赏析**

初冬之夜，撑伞而行，忽闻雨点滴落伞上，而且月光也洒落在伞上。作者的目光凝聚在雨伞上，雨点和月光同时洒落伞上，这样的自然现象如何解释似乎不太重要，关键是造成一种诗意的幻觉。

黑柳召波

憂(う)きことを海月(くらげ)に語(かた)る海鼠(なまこ)かな

海蜇烦恼事，
细与海参说。

* **季语**　海参

* **赏析**

深藏在海底沙子里的海参对悠然自得漂游在水面的海蜇诉说心中的苦恼。作者也许有所寓意，但海蜇的无忧无虑与海参的忧心忡忡形成明显的对照，构思奇妙，具有幽默感。这是一首童话式的幻想俳谐。与之相类似的如“谈鬼说怪兴犹浓，秋深夜浸寒”，日本风俗，夏夜多谈鬼，不知始于何时。此句的季语是“夜寒”，按说夏天不该“夜寒”，乃晚秋的季语，所以这里所说的“谈鬼说怪”的季节应该是晚秋。那么，日本现在夏天谈鬼的风俗不会起始太早。鬼怪的世界往往是孩子毛骨悚然又喜欢的童话王国。

吉分大鲁

灯火に氷れる筆を焦しけり

冰冻笔端焦灯火。

吉分大鲁（1730—1778）

江户时代中期的俳人。德岛藩士。俳谐师事芜村。与几董吟咏《明乌》卷头的歌仙。其才受到芜村的赏识，但后来以“无礼之徒”“无赖者”遭疏远，与其他门人无法相处，忧愤而死。

* **季语**　冰冻

* **赏析**

选自《芦阴句选》。大鲁原为阿波德岛藩士，到东京后成为俳人，入芜村门下。芜村在致大鲁的信中抄录此句，并示自己的作品“寒夜笔端冻，露牙咬冰碴”，说“贫生独夜之感”与大鲁之句相通。寒夜，笔尖被冻成冰，想用灯火烤化，不意被烤焦。很多古人是在这样的生活环境里写诗作文。

加舍白雄

をかしげに燃えて夜深し榾の節

夜深地炉旁，
薪木节子火苗燃，
亮光情趣长。

加舍白雄（1738—1791）

江户时代中期俳人。主张创作俳谐应排除私意，自然天成，“不修饰别人，不修饰自己，不修饰文章”。(《不修饰》) 他强调以世界万物感应于心，深入感情深处，然后用平易自然的语言表达出来，无须修饰。

*季语　薪木

*赏析

此句作于旅次。深夜，作者独自坐在地炉旁边，凝视着美丽的火苗，消受宁静的时光，不时往炉子里添加薪木，薪木节子的树脂遇火呼啦蹿起明亮的火苗，房间里没有别的亮光，所以在黑暗的空间里更加显眼。作者的目光通过对发亮的火苗这个对象的注视，津津有味地观看，仿佛从中发现自己的身影，间接地表现寂寥的心情。

松冈青罗

灯火のすはりて氷る霜夜かな

灯火冻笔直，
今夜定霜降。

松冈青罗（1740—1791）

曾为武士，明和五年(1768）芭蕉忌时剃发为僧，后被二条家授予“中兴宗匠”。其句风平淡中透着深情。

＊**季语**　霜降

＊**赏析**

无风的冬夜，寒气逼人，作者独处一室，凝视着孤灯，无聊地打发时间，发现灯火也被冻成笔直的一条，连闪动也不闪动，于是想到今夜肯定会霜降。可以想象，灯火笔直不动，注视着灯火的作者大概也是一动不动，显示出寒冷冬夜的景象情感。青罗言语平实，擅长写生句。如“夏日原野上，牛抬牛角看来人”，不说牛抬起头，而说牛抬起角看着来人（“来人”即作者），使读者感觉惊恐。尽管牛没有敌意，但还是令人感到害怕。

井上士朗

木枯や日に日に鴛鴦の美しき

寒风日日落枯木，
池里犹见鸳鸯美。

井上士朗（1742—1812）

江户后期的俳人，妇产科医生。师从加藤晓台学俳谐，师从本居宣长学国学，师从范古学画，继承加藤晓台的风格，并自成一派。其句风平明温和，显示出“天保调”的萌芽。

⋆**季语**　寒风

⋆**赏析**

秋末冬初，寒风劲吹，落木纷纷，日见萧瑟，然而犹见池里鸳鸯相亲相爱，其羽毛之美、情爱之深给荒凉的寒冬带来华丽的气氛。同样写鸟，“阴历二月天，夕阳底下百鸟鸣”，百鸟鸣于“夕阳底下”的表现手法新颖独特。

夏目成美

魚(うお)食(く)うて口(くち)なまぐさし昼(ひる)の雪(ゆき)

吃鱼嘴腥味，
闲看午后雪。

夏目成美（1749—1816）

江户时代后期俳人。十八岁因患痛风，右足不便，自称“俳谐独行之旅人”。五十多岁时把家业交给长子，自己结庵隐居，积极开展俳谐活动，他不属于任何派系，以清雅之句风、卓越之见识受人敬慕，是当时第一流的俳人，与建部巢兆、铃木道彦并称“江户三大家”。他崇尚芭蕉，是研究芭蕉的权威。作品语言凝练，体物精细，细腻地表现都市人的敏锐感觉，可以说不受世俗浊流所污染，终生以高雅的态度贯彻芭蕉的精神。

*季语　雪

*赏析

午后雪与晨雪、夜雪不同，虽然照样清纯，但开始污脏，所以带有颓废的形象。午饭吃鱼，饭后走到廊缘，只见院子里的白雪在阳光下开始融化，虽然美丽耀眼，却显得有些脏，嘴里残留的鱼腥味与眼前渐渐消融的污脏的雪的颓废形象仿佛产生一种对应的感觉。这是鱼腥味的俗气与总体上仍然清丽纯洁的午后雪的雅气所产生的极其现实性的照应，表现都市人午后的“腥臭”，映照出作者近代性的官能感觉。他曾写过“身穿夹衣吃咸鱼，满嘴多清爽”。同样是吃鱼，口清与嘴腥是两种完全不同的世界。

小林一茶

むまさうな雪(ゆき)がふうはりふはりかな

轻轻飘飘大雪飞，
一定甜如棉花糖。

小林一茶（1763—1827）

信浓农家长子，三岁丧母，一生大多穷困潦倒。俳句吟咏庶民的喜怒哀乐，句风平实通俗，明白如话，清新轻妙，表现农民的强烈个性。然而，他的这种充满泥土气息的大众性通俗性俳谐在当时得不到社会的承认，至明治四十年代以后，人们才从反映生活的辛酸、被压抑的人性和抵抗的呼喊的视角重新认识一茶俳谐的价值。芭蕉、芜村、一茶是江户时代的三大俳人，一茶是后期的代表。他的俳句是心灵被蔑视的贫寒的农村知识分子愤世嫉俗、嬉笑怒骂的真实写照，折射出时代的褶皱。

*季语　雪

*赏析

一茶的俳谐喜欢使用叠语、俗语、方言、拟态语、拟声语、俚语、俗谣。如“竹笋长何处，听命老天爷。”“青蛙呱呱叫，屁股对月亮。”“一夜过后，樱花乱糟糟。”“顺手捞一把，飞雁天上鸣。”“哗哗、哗哗、哗哗，大雨降枯野。”“傍晚下雪糁，轻轻飘飘轻飘飘。”他并非总是信手拈来，有时却是刻意追求，虽然显得生动亲切、拙直质朴，但作者大多以此制造“俗”的气氛，结果使口语化的俳句变得近似于散文化，甚至丧失诗的格调。一茶一生创作的俳句近两万首，其中也有不少粗俗之作。可以说，他在通俗化的俳谐的审美意识里仍然残留着粗陋卑猥的一面。

一茶是“生前寂寞身后荣”，生前他的俳谐并没有得到应有的评价，在俳坛上也没有位居显赫，只是他的清新轻妙的作品显示着独特的存在。

小林一茶

正月の子供に成て見たき哉

真想成为
正月的孩子。

* 季语　正月

* 赏析

选自《一茶俳句集》。一茶创作的描写小孩子游玩的作品中有一些佳作，如“积雪融化后，满村都是小孩子”，因为他有一个“来和我玩耍啊，没有爹妈的小麻雀”般孤独的少年时期。这首俳句给读者一种奇特的感觉，就是正月的小孩子，至少在过去还是令人羡慕的。这是一茶三十五岁时在伊予松山与好友、俳人栗田樗堂等吟咏歌仙的发句。

《土高桥大正池》川濑巴水

小林一茶

是(これ)がまあつひの栖(すみか)か雪五尺(ゆきごしゃく)

此为终老地，

积雪五尺深！

⋆**季语**　积雪

⋆**赏析**

这是一茶于文化九年（1812）十一月最后一次回故乡进行谈判时的感慨。长期的家族争斗使他身心疲惫，虽然可以分得部分遗产，终老故乡，但内心充满极度的空虚和悲哀，也反映出他结束在江户的寄人篱下的生活、叶落归根的意愿以及农民对土地的执着的眷恋之情。故乡才是他的终老之地，这就是这个农民的儿子宿命的人生道路。他充满乡愁的作品很多，如："屋外大雪，屋内烟灰，此是我住家。""月色今宵明，几处山峦似故乡。""田间忽见雁飞去，故乡当是秋雨时。""墙上窟窿，望见故乡初雪。"等。

内藤鸣雪

初冬の竹緑なり詩仙堂

初冬竹绿诗仙堂。

内藤鸣雪（1847—1926）

比子规年长二十岁，四十六岁开始创作俳谐，尊子规为师，为日本派长老。尚情趣，句作多清丽明澄，脱俗飘逸，厌新好古，带着浓厚的芜村式文人趣味。

* **季语**　初冬

* **赏析**

这是鸣雪的代表作。“诗仙堂”在京都市上京区一乘寺，宽永十三年（1636）由德川家康的家臣石川丈山建造，狩野探幽绘中国汉朝至宋朝的三十六个僧侣诗人，丈三亲题诗于门楣，为洛北名胜之一。周围种有丛竹，初冬时节，万木开始凋零，诗仙堂周围的竹子依然葱绿青翠，仪态万方。鸣雪以此句缅怀丈山的人格，不愧为雅士丈山隐居之地，有高洁清纯之感。俳人聚会吟句，出题《初冬》，作者忽忆昔时曾访此地，故作此句，所以并非实地吟咏，而是想念句，但单纯描写的手法完全体现日本派初期的风格。

村上鬼城

小春日や石を噛み居る赤蜻蛉

初冬小阳春，
啃石红蜻蜓。

村上鬼城（1865—1938）

患重度耳疾，一生多贫困，其作品充满平民的感情，表现对贫穷、疾病、残疾、弱者、被欺凌者的无限同情，吟咏人生不幸的忧愁苦恼，显示出与艰苦境遇进行拼搏的顽强不屈的意志，句风粗犷。

* 季语　小阳春

* 赏析

小阳春为阴历十月，虽已初冬，气候却如春天温暖，红蜻蜓软弱无力地趴在石头上，身子一动不动，嘴巴却似乎在啃石头，也许正在享受冬日里短暂的暖和。鬼城一生境遇中有一段时期酷似初冬的蜻蜓，作者移情入景，在描写实景中融入自己的感情，从啃石的初冬红蜻蜓上发现自己的影子。

村上鬼城

冬蜂（ふゆばち）の死（し）にどころなく歩（ある）きけり

死无葬身地，
冬蜂到处走。

* 季语　冬蜂

* 赏析

初冬时候，工蜂已经无法飞翔，有气无力地到处乱爬。“死无葬身地”，是作者的主观意识，带着怜悯的感情。高滨虚子评此句云：“没有可死之地，只好在地上、廊檐上摇摇晃晃地乱爬。人类社会也有很多此类现象。不，我想说人本身皆如此冬蜂。”（《俳句前进的方向》）这种痛苦凄惨的形态正是作者自身的写照，不说“爬”，而说“走”，“工蜂”里有作者——人——的身影，“走”正体现人的无助彷徨，因此此句不仅仅表达对弱者的怜悯，更给人感觉在贫苦中艰难生存下去的意志。鬼城句中不幸的动物往往都是自我的象征，主体与客体的结合使俳句延伸出社会性、人性的意义。

正冈子规

小夜時雨上野を虚子の来つつあらん

黄昏寒雨中。
上野路上，
虚子行匆匆。

正冈子规（1867—1902）

俳人、歌人。他推动俳句、短歌的革新运动，大力开展“日本派”俳句，发行《杜鹃》，成为俳坛主流。他是明治俳论的开拓者，也是近代俳论的开创者，“子规派”的作品使俳句以崭新的面貌出现在明治新时代的俳坛上。主张写生手法，句风富于变化，情趣丰富，最能表现他的奔放不羁的诗魂和追求纯粹诗歌精神的力量，晚年追求平淡隽永。患肺疾、脊椎骨痛，卧床不起。歌集有《竹乃里歌》《病床六尺》等。

*季语　寒雨

*赏析

子规居住在上野附近的上根岸，高滨虚子敬之如兄，常往子规庵探视。虚子住在神田淡路町，前往子规庵须翻过上野山，下御隐殿坂。寒雨潇潇的黄昏，子规的脑海里浮现出虚子在雨中匆匆赶路的样子，流露出盼望虚子到来的急切心情。这一首可以说是子规晚年的所谓“想象的写生”句，凭借想象构思虚子寒雨中匆匆赶来的实景，再运用写生法创作。

正冈子规

いくたびも雪(ゆき)の深(ふか)さを尋(たず)ねけり

几度询问:
雪深有几许?

* **季语**　雪

* **赏析**

这是《病中雪》的四首之一。子规腰痛，卧病不起，外面大雪纷飞。他几次询问在床头照顾他的母亲和妹妹，外面积雪有多深?

病卧的子规惦念外面的积雪，难以控制病人的焦急情绪。也许积雪诱使他对遥远的什么人产生怀念的情绪，也许积雪对远离故乡者具有诱人的乡愁。他心里大概有自己想象的积雪深度，想以此衡量实际的雪深。病人的执着与积雪重叠在一起，加深了作品的伤感，客观的叙述更增加俳句的哀愁，俳句的省略法把病人急切、想象、期待的心情表现得淋漓尽致，就是子规的世界。其他三首是:“大雪纷纷下，凝视拉门洞。”“恍若此身卧雪屋。”“快把拉门打开来，想看一眼上野雪。”

正冈子规

あたたかき雨(あめ)が降(ふ)るなり枯葎(かれむぐら)

暖雨潇潇下，
洒落枯草丛。

＊季语　枯草丛

＊赏析

此句是子规的代表作之一。日文的“枯葎”，原意为枯干的蔓草丛，但这里可以理解为泛指冬天枯干的杂草。冬雨洒落在枯草丛上，这里的“暖雨”，并非雨水很温和，而是作者的心理感觉。尽管还是冬天，但雨水湿润枯草，到明年春天又会萌芽。这雨水仿佛带着春天的暖意，滋润着自己干涸的心田。

《金阁寺之雪》三木翠山

正冈子规

帰(かえ)り咲(さ)く八重(やえ)の桜(さくら)や法隆寺(ほうりゅうじ)

反季花开八重樱，

人在法隆寺。

*季语　反季花

*赏析

八重樱是晚樱中重瓣樱花的总称，品种众多，多瓣重叠，悬垂开放，在新叶萌生时开花。初冬，子规在法隆寺看见八重樱开花。小阳春时节，阳光温暖，一些草木就会反季节地绽开，常见的有樱花、梨花、棣棠花、杜鹃花、蒲公英、紫花地丁等，虽然少得只有一两朵，但是让人怀念逝去的季节。作为俳句的季语，有“归花”“狂花”“忘花”“二度花”“返花”等用语。

法隆寺，又称斑鸠寺，位于奈良县生驹郡斑鸠町，是圣德太子于飞鸟时代建造的木结构佛教寺院。日本政府指定为国宝、重要文化财产。正冈子规写与法隆寺有关的最著名俳句是“啖秋柿。钟声何悠扬，法隆寺”。这首俳句的秀逸不输于“秋柿”句，反季花与法隆寺的组合，同样暗含着某种不可知的因缘。反季花寓意短暂，子规多病，经常卧床，这是否反映他的心态呢？

芭蕉有这样吟咏反季花的俳谐：“归花清香染寒风。”秋末初冬，寒风呼啸，砭人肌骨，却见庭院里花儿绽开，清香也染在凛冽风中，给人风有余香的感觉，一道特殊的初冬风景。与谢芜村有“返花落尽晓月天”，大岛蓼太有“似梦似真返花白”等反季花的俳句。

夏目漱石

凩（こがらし）や海（うみ）に夕日（ゆうひ）を吹（ふ）き落（お）とす

冬日寒风狂，
夕阳吹落海。

夏目漱石（1867—1916）

小说家，其作品具有鲜明的现实主义倾向，《我是猫》等是日本近代文学的代表作。受子规的影响创作俳句，句风注重创意，构思新颖，趋于浪漫，或洒脱幽默，反映作者高雅澄洁的心境。他的俳句叙述主观感受，好用汉语、俗语。

* 季语　寒风

* 赏析

此句大概是作者在明治二十九年（1896）十二月从熊本的天草乘船前往岛原时看到有明海的作品。“寒风”指的是深秋到冬季的北方强劲季风。日暮时分，寒风狂吹，波涛涌动，一轮鲜红的夕阳仿佛失去了白天的活力和热情，倾斜着，逐渐减弱光线。它显得沉重，然而在狂风的吹刮下，这重量瞬间迸发出强有力的动感，洋溢着壮美的力量，炫耀着赫然夺目的光彩，完成华美的日落过程。夕阳沉入大海，光线立即暗淡下来，大海显得宁静而寂寞。此句不是有意识地表现大海落日的绘画美，而是想表达寒风欲将夕阳吹落大海的豪放情绪。作者使用拟人的手法表现寒风，其中隐含着作者对大自然的主观感受，并非单纯的写生，也隐含着对自己人生未来的困惑和不安。

河东碧梧桐

思はずもヒヨコ生れぬ冬薔薇

（おも／うま／ふゆ そうび）

不意鸡雏生，
冬天蔷薇开。

河东碧梧桐（1873—1937）

早期投入子规的俳句革新运动，成为新派俳句的代表性俳人。后提倡“新倾向派俳句”，与高滨虚子对立，着意部分写生、发挥个性、强调主观心理描写，形成暗示性的句风。最后摆脱定型和季题的传统格式，提倡自由律俳句。1933 年六十岁时，退出俳坛。他的句风历经多次变化，富有题材个性和象征含义。句境开阔，生动新鲜，以新词入句，生动活泼，在题材个性化和词汇使用上具有强烈的时代气息。有的一句使用几个不同季节的季题，后期还创作不少破格句，无季题句，甚至有的句作长达三十多音，类似“自由诗”。

* 季语　冬天

* 赏析

这是碧梧桐在仙台旅行时的作品。虽是冬天，天气却很暖和，蔷薇开花。蔷薇在冬天开花，这就令人感到意外。而在此时，没想到一身黄色绒毛的小鸡突然生下来，更叫人惊讶。由于气候反常，使得蔷薇开花和小鸡孵出，意外的感觉正是这两件貌似毫不相干的事情的接触点。前者的意外和后者的惊讶构成作品的灵魂。鸡雏和蔷薇本来没有直接的关系，按照传统的季题观念，这两样东西很难搭配成句。但是，冬天蔷薇开花和冬天孵出小鸡，都有一种温暖的感觉，这是两者的类似点，作者运用经验感受，暗示这一段时间天气暖和。新倾向俳句的隐喻法、暗示法使季题产生象征性的作用，所以在这首作品里，暖冬的感觉就成为一种暗示，季题的感受只是一种象征。

河东碧梧桐

芒枯れし池に出づ工場さかる音を

来到池塘边，
满眼芒草枯。
风送来，
工厂轰鸣声。

*季语　枯芒

*赏析

此句作于旅次玉岛，题为《枯芒》。当时碧梧桐正在思考“无中心论”，成为后来新倾向俳句运动的方向。此句也可以看出“无中心”的倾向。而且原句破坏五七五的传统节奏格调，采用五五三五的形式。

这种破格调到后来发展成自由律俳句，如“被绳子牵着的牛，站在十字路口，一直环视着，秋天的天空”，被牵往屠宰场的牛大概知道自己的命运，站在十字路口，抬起悲哀的眼睛环视着晴朗的秋空。当时碧梧桐主张俳句必须是对事物的“直接表现”，“不能欺骗自己的真实性，尽量如实地自由表现情趣的移动”。(《新倾向句的研究》）原句是七・十一・五共二十三音的口语体自由律。

河东碧梧桐

炭挽く手袋の手して母よ

（すみ ひ てぶくろ て はは）

母亲哟，
戴着手套锯木炭。

*季语　木炭

*赏析

此句的“木炭”是冬天的季语。母亲总是忙忙碌碌，不停地干活。母亲听作者叫她，便站起来，手上还戴着锯木炭的脏手套。一声“母亲哟”，包含着作者对任劳任怨的母亲无比深情的理解和热爱。这首俳句没有使用技巧，以朴素的语言直率地表达感动的情绪。虽然有季题，但不是利用传统意义上的季题作用，而是作为表现“人情性”情趣的物体。

《飞驒中山七里》川濑巴水

高滨虚子

遠山(とおやま)に日(ひ)の当(あた)りたる枯野(かれの)かな

枯野接远山，
群峰染淡阳。

高滨虚子（1874—1959）

大正后半期的俳坛领袖。与河东碧梧桐并称子规门下双璧。与河东截然不同，虚子自称“守旧派”，坚持传统，主张俳句的内容可有自由的思想，但十七字的定型、一句独立、季题是不可动摇的铁则。以子规的写生论为基础，倡导客观写生“讽咏花鸟”，并努力推动行吟创作的实践。他主持的《杜鹃》培养出一大批大正、昭和时代俳坛的代表性作家，成为日本俳坛历史最悠久的杂志之一，大致反映出明治、大正、昭和三个时代俳句史的大观，受人推崇。昭和二十九年（1954）被授予文化勋章。一生留下数量庞大的句作，风格或平易淡白，或秀逸轻妙，或纯朴清新。著有《高滨虚子全集》（16 卷）。

* **季语** 枯野

* **赏析**

此句作于明治三十三年（1900）虚子庵定期俳句会上，自选代表作之一。这不是客观写生，是回忆小时候所见的道后温泉山的景色的主观写生。作者运用白描手法，在茫茫一片枯野的遥远尽头，配置逶迤连绵的群山，冬天淡淡的阳光映照着山峰，营造出一个象征性的世界。枯野荒凉阴沉，凄苍萧瑟，令人郁闷气塞，所以山峰上的淡淡日光就带着暖意沁入胸间，具有拯救心灵的力量。整个画面气势辽阔，构图简约，气氛枯寂。也可以说作者站在满目萧条苍凉的枯野上，先注意到照射远山的阳光，后发现眼前枯野的辽阔和静寂，显示出视草木为有情人的虚子的心态。山本健吉说："虚子至此句才真正发挥他的才华。从这个意义上说，此句对虚子具有划时代的意义。他既不是芭蕉、芜村、子规，而是虚子独自的境界。"（《俳句讲座 6》）虚子晚年非常喜欢此句，乡愁所勾动的对时间流逝的感叹也许正体现他对人生观的真正感受。

高濱虛子

流れ行く大根の葉の早さかな

河上萝卜叶，
逐流何急速。

*季语　萝卜

*赏析

作者来到一条小河的桥上，忽然看见萝卜叶在河面上急速逐流漂去。这时，作者的眼睛凝视着萝卜叶，此外别无他物。其实，更准确地说，他的脑子里只有萝卜叶逐流而去的速度，即处在所谓的“精神空白”状态。萝卜叶是一片还是两片，已经显得不重要，从眼前掠过的强烈的印象构成俳句绘画般的图像和色彩感觉，流淌的绿叶表现静中有动，“何”一字的轻微感叹显露作者悠游于大自然的心境，是典型的吟咏花鸟的写生句。

高浜虚子

虎落笛子供遊べる声消えて

呼啸虎落笛，

不闻儿童玩耍声。

*季语　虎落笛

*赏析

虎落是竹栅栏。过去作战时，用一端削尖的竹子交叉组成栅栏（篱笆），用于抵御敌军进攻。虎落笛，是形容寒风吹过竹栅栏发生的呼啸声，如寒风刮过电线那种尖厉的呼呼声。从风声中可以感觉天气的严寒，让人们心情低落感伤，连小孩子都冷得躲在家里，听不见他们欢笑玩耍的声音。但是，冬天的寒冷具有养精蓄锐的效果，如球根忍受冰雪的欺凌，积蓄力量，默默地等待春天的来临，绽放美丽的花朵，这也许是这首俳句的启示。

臼田亚浪

鵯のそれきり鳴かず雪の暮

鹎鸟一声啼，
雪里暮色浓。

臼田亚浪（1879—1951）

短歌师事与谢野铁干，俳句师事高滨虚子。创刊《石楠》。他对杜鹃派的季题情趣和新倾向派的散文化风格都持反对态度，主张“定型季感诗”，在内容上追求“诚”和“自然感觉”，被称为新理想主义或新浪漫派俳人，其作品极力表现内一致的紧张充实的力量，具有内省的魅力。句集有《亚浪句钞》《旅人》《白道》等。

*季语　雪

*赏析

暮色渐浓，作者走到廊檐旁，只见雪压大树，潺潺水声仿佛顺着树枝微微传来，四面一片寂静。这时，忽然听见一声鸟叫，作者形容尖锐的叫声掸落积雪纷纷飘落。是什么鸟呢？大概是鹎鸟吧。侧耳倾听，却不再叫，唯有昏暗的暮色把作者带进忘我的宁静。对大自然的感觉只在瞬间，眼前的景物感动于心，呈现出玄妙的姿态。一声鸟鸣所造成的寂寥感永恒地留在心间。

大须贺乙字

火遊びの我れ一人ゐすは枯野かな

枯野玩火我一人。

大须贺乙字（1881—1920）

明治、大正时期的俳论家，在新倾向运动的理论创新中具有先驱者的作用。他的一系列俳论，揭开了新倾向运动的序幕。他后与河东碧梧桐绝交，对其大张挞伐。

⋆**季语**　枯野

⋆**赏析**

这是作者回忆少年时代的作品。在草木枯干的原野上玩火，这是绝对不允许的，因为怕引起火灾。但正是这种危险的游戏才能满足少年的冒险心理，看着枯草熊熊燃烧，孩子又惊又喜又怕，同时也透露着寂寞。乙字十分喜爱此句。他与河东碧梧桐、荻原井泉水等进行激烈的观点论争，孤军作战。性格傲岸不屈，这首俳句也表现他的心境。

这种勇猛的性格还表现在另一首俳句里："正是隆冬时，皮衣摩擦迸火花。"这是乙字的代表作。隆冬时节，皮衣摩擦迸发出火花。作者没说什么样的皮衣，但绝不是兔皮，也不是人工饲养的貂皮之类，只有生活在寒冷险峻山脉里的野兽的皮制作出来的皮衣才能产生如此气势锐利的感觉，它们勇猛威武，充满野性，而穿着这皮衣的人恐怕也是在山中打猎的彪悍粗犷的汉子。皮衣在岩石或者树干上摩擦，仿佛野兽恋山，皮衣迸发出火花，越是凛冽的寒冬，迸发的火花越激烈。"隆冬"和"迸"的使用使作品产生一种充满野性的惊心动魄的感觉。

渡边水巴

白日は我霊なりし落葉かな

太阳正是我灵魂，
伫立树旁飘落叶。

渡边水巴（1882—1946）

大正四年（1915）成立曲水吟社，翌年创刊俳句杂志《曲水》，成立曲水吟社，任社主长达三十年。他主张俳句的本质在于情调，其作品强调表现个人的情绪主观性，具有唯美倾向，兼有纤细潇洒的江户情趣。著有《水巴句集》《白日》《富士》《夏天的风景》《新月》等。

*季语　飘落叶

*赏析

此句是水巴代表作中的代表作。冬天，作者立于树旁，落叶纷飞，抬头只见太阳放射出耀眼的白光。这具有冬日凛然寒气的太阳正是我的灵魂。作者解释说：“我面对着将灵光普照静寂之境的太阳，那浑圆、庄严令我感动恍惚。我伫立不动”，“脑子里忽然浮现出这一句，一种微妙的喜悦情不自禁地洋溢心间。”（《续水巴句帖·序》）水巴追求大自然光明的愿望把太阳作为他的信仰对象、理想象征，凝视太阳仿佛就是凝视自己的生命，感觉到生命与天地的结合，这种超现实的情感飞跃才是他所主张的“生命俳句”的本质。

种田山头火

うしろすがたのしぐれてゆくか

初冬冷雨中，
望见背影行。

种田山头火（1882—1940）

曾经营酿酒业、旧书店、画框店，在图书馆、区政府工作过，均失败。后出家，一钵一笠云游四方。他在明治时期创作定型俳句，大正时期受荻原井泉水提倡的具有“光”和“力”的散文律俳句影响，入其门下，开始创作自由律俳句。他的俳句是他人生的写照，这也正是他人生俳句的存在意义。句风平易简明，多使用口语，托物寄怀，别具一格。句集有《草木塔》，遗稿集有《守愚》等。

* **季语**　初冬

* **赏析**

此句脍炙人口，是他于昭和六年（1931）十二月二十七日在雨中参拜太宰府天满宫的心境。题为《自嘲》，前言云："昭和六年，本拟在熊本定居，终未能成功，又只好继续云游。"此句的写法很有趣，描写背影被初冬冷雨淋湿，作者仿佛是送别人踏上旅途，从后面看着别人后背，顿感凄恻惆怅，其实是写作者自己。他的"自嘲"是针对实际存在的自我，人本来看不见自己的后背，作者在这里看见的是另一个自己，这种矛盾自然与横亘内心的矛盾联结在一起，流露出羁旅愁肠的无奈。他在第二天的日记里（《行乞记》）这样写道："如果对矛盾无可奈何，那就无法活下去。我在这次行旅中必须清算自己身心的一切。正如老慈师的垂训那样，能够自由自在地驱使正直与蛮横。"

种田山头火

鴉（からす）啼（な）いてわたしも一人（ひとり）

乌鸦哀声鸣，
我也一人行。

* 季语　乌鸦

* 赏析

此句前言题为“和放哉居士之作”。放哉，即尾崎放哉，也是浪迹天涯的孤独俳人，客死小豆岛的草庵。山头火未曾与放哉谋面，但心向往之。他来到放哉墓前，只听乌鸦哀鸣，凄凉怆恻，想到人生苦旅，不由得悲从心来。自己也是茕茕孤寂之人。但是，面对放哉的坟墓，仿佛心灵相通，同是天涯孤旅，只有放哉才能理解自己的心情。放哉的原句是“乌鸦成群飞过去”。荻原井泉水认为，放哉和山头火虽然同是漂泊诗人，但他们对寂寞的感受不一样。放哉的“乌鸦”是“成群”的，潜藏在内心；而山头火的“乌鸦”在“哀声鸣”，是向外的呼喊。

前田普罗

駒ヶ嶽凍てて巌を落しけり

驹岳冻结寒，
高山听坠石。

前田普罗（1884—1954）

长期在富山任新闻记者。高滨虚子的《杜鹃》的主要俳人，多有吟咏里日本（里日本，指本州毗邻日本海一侧的地区）山脉的佳句。创刊《辛夷》，后任社主。他反对在俳句创作中采用西方自然主义的手法，从这个意义上说，俳句表达日本民族回归的生活环境。强调俳句对人们闲寂心境的作用，而且不把感情视为现实的人的感情，而是置于季题情绪之中。著有《普罗句集》《春寒浅间山》《能登苍然》等。

*季语　冻寒

*赏析

此句作于昭和十二年（1937），是普罗去山梨县访问蛇笏山庐时创作的《甲斐群山》五首俳句之一。“驹岳”指长野县与山梨县交界的甲斐驹岳，是阿尔卑斯山脉的一座山峰，海拔高达2960米。在严寒的冬天，整个山峰仿佛都已经冻结，这时，随着一声巨响，一块大岩石从山上坠落谷底。这块岩石为了逃脱山顶的严寒才拼出全身力气滚落下来的。这当然不是实景，而是作者遥望山峰的想象。群山峻拔，万物寒凝，高山坠石，巨响震天，语言刚直冷峭，格调孤高清寂，具有强烈的主观感觉。在岩石坠落的瞬间，作者的心潮也随之高涨澎湃。其他四首是“茅草已枯干，瑞墙山峰入苍天。”“八岳霜厚重，犹如莲花开。”“茅岳霜已化，山径细如丝。”“奥白根山多巍峨，耀眼皑皑来世雪。”这一组俳句发表以后，引起巨大反响，成为代表普罗山岳俳句的一代杰作。其中沉淀着作者对高山峻岭的无限深情，气势磅礴，苍古激越，虽然也有夸张、比喻等技巧，却不露痕迹，以主观的感受融入对象的深处，读之若闻金石之声，若感灵山之气。

前田普罗

奥白根かの世の雪をかがやかす

奥白根山多巍峨，
耀眼皑皑彼世雪。

*季语　雪

*赏析

普罗与友人饭田蛇笏等游历崇山峻岭，创作许多名句。尤以 1937 年发表的《甲斐群山》连作五句称雄俳坛，这是最后一首。这五首俳句是作者经过漫长的二十年的时间才完成的，沉积着对山岳无限的感情，仿佛从中可以听见普罗心弦激荡的音乐。奥白根山是南阿尔卑斯山三大超过 3000 米主峰的统称，冰雪覆盖，感觉到一股峻严清净的神山灵气。“彼世”意为黄泉、来世、死后的世界。“彼世雪”表示人无法抵达的遥远的世界的雪，也是今世无法理解的未来世界的雪。

前田普罗

吹雪やみ木の葉の如き月あがる

风雪已停歇，
月亮升起如树叶。

*季语　风雪

*赏析

风雪初霁，天空转晴，月亮升起。但不是圆圆的明月，而是一钩残月，仿佛另一半被飞雪吹刮而去。那弯弯的月亮如同细长的、熟悉亲切的一片树叶挂在冰冷的天空上。作者长期居住在富山，无比热爱北陆地区的山脉，创作有众多吟咏山岳的佳句。普罗善于捕捉大自然的细微表情，不露痕迹地予以表现。

《富岳三十六景之砾川雪旦》葛饰北斋

前田普罗

山川の凍れる上の竹の影

山川冰凝映竹影。

* 季语　冰凝

* 赏析

这是普罗晚年的作品。山涧清冽的流水结成冰，竹影映在冰面上，形成一幅简洁素净静寂的景象。严冬季节，树叶落尽，没有鸟鸣，没有人声，在一片寒冷萧瑟之中，唯有青翠的竹子依然显示着勃发的生命力。一个历尽人生沧桑的老人伫立在这宁静的天地之间，“山川”与“竹影”的照应蕴含着难以言状的哀愁。他从洒落在冰面上的竹影中看到生命之树的常青，同时也发现自己孤独的影子。他在大自然的雄伟壮美中发现人的渺小卑琐，力图通过俳句艺术寻找人与造化默契的接点，格调孤高，清峻中含带哀韵，具有强烈的自我意识。

尾崎放哉

雀（すずめ）のあたたかさ握（にぎ）るはなしてやる

手握麻雀感温暖，
松手放它走。

尾崎放哉（1885—1926）

曾去朝鲜任日本火灾海上保险公司经理，翌年辞职，到中国东北寻找工作，未果，又与妻子离异，孑然一身回到京都，在各地寺院一边干活一边创作自由律俳句，翌年开始托钵放浪生活，最后死于西光寺南乡庵。放哉初期创作文语定型俳句，后采用客观叙述法表现生活时，出现口语化的倾向。也许只有口语自由律最能表现他的孤独、贫穷、流浪、疏狂的一生境遇。遗著有句集《大空》。

⋆**季语**　麻雀

⋆**赏析**

放哉三十九岁时在一灯园打杂，也许在扫地的时候看到一只体弱小的麻雀，便将它捉住，轻轻握抱手中。他的手掌感觉到麻雀身体的温暖，顿生怜悯，便松手将它放走。麻雀飞走以后，它的温暖还残留在放哉的掌上。他对小动物的怜爱折射出自己遭受人生挫折的痛苦以及对未来寄予的希望。放哉在一灯园只待九个月，就开始放浪生活，从精神上获得自由。

北原白秋

瓦斯燈(ガスとう)に吹雪(ふぶき)かがやく街(まち)を見(み)たり

烨烨耀眼煤气灯，
我观街上暴风雪。

北原白秋（1885—1942）

明治末期、大正初期的诗人、歌人。其诗集《邪宗门》《回忆》带着浓烈的官能性的色彩和世纪末的颓唐美，倡导唯美主义文学，奠定了近代象征派代表诗人的地位。歌集有《桐花》《云母集》《观相之秋》《溪流唱》等。

* **季语**　暴风雪

* **赏析**

句意平白，表现率直，在寒冷的空气中，明亮的煤气灯照耀下，暴风雪光华闪烁，多么美丽的街景。吟咏的是极其普通的街景，却含带新鲜惊讶的感觉，被眼前的煤气街灯和雪景所吸引。北原白秋是南方人（生于熊本县，少年时期生活在福冈县），后来到东京，才看到暴风雪，这对他无疑是新的体验。

煤气灯从英国传入日本后，明治五年（1872）开始在大阪、横滨、东京等城市普遍使用，成为文明开化的象征。

洁白的雪花在空中飞舞，这本身就十分优美，加上煤气街灯烨烨光线的映照，产生一种梦幻般的感觉，让这个南国诗人发现北方雪景之美。

白秋是近代著名的诗人、歌人、俳人，与同时代的三木露风并称“白露时代”。

原石鼎

朝戸繰りどこも見ず只冬を見し

晨起开拉门，
哪儿不看只看冬。

原石鼎（1886—1951）

《杜鹃》的主要作者。《鹿火屋》社主。擅俳画。他认为俳句既然是诗、是韵文，就应该强调创作情感，认为有余韵的俳句才是优秀的作品。力求将发自自然的感动感应于俳句，在清寂的意态中与自然同化，具有丰富的感性，后逐渐转向清雅古典。句集有《花影》《石鼎句集》《深吉野》等。

*季语　冬

*赏析

石鼎于昭和二十六年（1951）去世，年六十五岁。他长期被严重的神经衰弱等疾病折磨。年轻时候的作品已经显示出巨匠般的风格。此句是他晚年的作品，不说所见之物，却说“只看冬”，看似出人意表，其实是忠实地表现直观，具有鲜明浓烈的语言感觉。

原石鼎

襟巻（えりまき）に一片（いっぺん）浮（う）ける朱唇（しゅしん）かな

围脖上，

浮一片朱唇。

*季语　围脖

*赏析

作者所描写的这个女性一定围着名贵的围脖，因为那个时代抹口红的女性一般比较时尚。俳句没有描述这位女子的整体形象，只是突出“一片朱唇”的特写，给读者的想象留下很大的驰骋空间。由于表现手法的轻巧单纯，读来没有浓艳妖媚的感觉。

作者认为“有余情的俳句才是好句”(《余情》)，力求将发自自然的感动感应于俳句，在清寂的意态中与自然同化，具有丰富的感性，在平明的表现中追求微妙的余韵。

杉田久女

足袋つぐやノラともならず教師妻

为君补布袜，
我也不会成娜拉，
忍做教师妻。

杉田久女（1890—1946）

昭和初期的女俳人。先为《杜鹃》同人，后被《杜鹃》开除，精神上受到沉重的打击，此后创造力急速衰退。作品起先具有平淡轻灵的情趣，后由于激烈倔强的性格、家庭不和的原因，转向通过写生表现内心强烈奔放的情绪，达到心象与事象的一致，以极其丰饶广博的知识构筑浪漫的理想世界，凸显其自我意识的觉醒。晚年冷寂孤独，陷于精神错乱的极度苦闷。句风热情奔放，绚丽浓艳，极具丰饶的感受性，成为近代女性俳句追求自我感受风格的源流。

* **季语**　布袜

* **赏析**

久女生来感情丰富，富于幻想。她的丈夫出身于农村封建家庭，久女拒绝资本家儿子的求亲，之所以选择他，是期望他成为画家，自己成为艺术家的妻子。然而，这个丈夫更喜欢当中学美术教师，勤恳教学，却一幅画也没有画过，这使久女大失所望。于是两人经常争吵，感情甚至濒临破裂。久女的长女石昌子在《回忆母亲久女》一文中说："母亲在昏暗的吊灯下补旧袜子，她脸色憔悴，眼睛已经失去明亮。思想正处在觉醒时期的母亲充满各种苦恼和矛盾，但又不能与孩子、传统毅然决裂，只好选择忍受痛苦和绝望的道路。我也不会成为《玩偶之家》中的娜拉，将苦闷深藏心底。这首俳句是表现妇女问题等各种社会性题材的缩影。"以"娜拉"入句，在当时非常新颖，也只有久女这样具有强烈个性的女俳人才会如此构思。自我觉醒的女性欲与现实社会碰撞却又缺乏超越的勇敢，使她的心灵备受折磨。

川端茅舎

誰(たれ)か来(く)るみつしみつしと雪(ゆき)の門(かど)

咔哧咔哧来，
谁敲雪下门。

川端茅舍（1897—1941）

因患脊椎骨疡，后半生多卧床。他通过对自然的赞美获得自我意志的磨炼，以准确新颖的比喻、拟声语和紧凑弹动的音调塑造多姿多彩的造型美。他追求俳句之道的强烈个性和人与物化的顺应自然具有浓郁的芭蕉遗风，同时也渗透着西方式的美学意识。

* 季语　雪

* 赏析

芭蕉的高足向井去来有这样的俳句："喂喂敲雪门。"雪日一景清晰可见。茅舍创作的这首近代俳句只抓住咔哧咔哧由远而近的踏雪声，令人感觉积雪深厚。部分的省略反而产生真切生动的效果。茅舍的俳句经常使用拟声词，这大概是他的一个创作技巧吧。

川端茅舍

とび下りて弾（はず）みやまずよ寒雀（かんすずめ）

寒雀飞下跳不停。

*季语　寒雀

*赏析

麻雀到冬天难以寻觅到食物，就飞到住家旁边，跳来跳去。由于天气寒冷，麻雀毛蓬松起来，显得胖乎乎的，一蹦一蹦地跳跃。麻雀是与人类共生的鸟类，作者对小动物具有爱情，运用写生手法把麻雀的神态逼真地表现出来。当然这里的麻雀不是一只，而是多只，多只则感受寒冬中的一缕温暖，显示作者看见麻雀的喜悦心情。

《奈良猿泽池》土屋光逸

西东三鬼

水枕（みずまくら）ガバリと寒（さむ）い海（うみ）がある

水枕扑哧响，
大海透心寒。

西东三鬼（1900—1962）

俳人。生于冈山县。日本牙科医专毕业。《京大俳句》同人，提倡新兴俳句的主将，因“京大俳句事件”被捕，一时辍笔。句集有《街》《夜之桃》《变身》等。随笔也轻妙灵动。

* **季语**　寒海

* **赏析**

这是三鬼初期的代表作，连作《三章》的第一首。昭和十年（1935）患肺病时作。这一首名句显示着整整一个时代的风俗所具有的永恒性。自注云："家近大海。因患肺浸润发烧卧床。从家人及朋友的忧虑神色中知道病情不轻，于是死神的阴影化作阴森森的大海寒气直透心间。"三鬼的俳句尤其注重即物性的感觉，他认为"俳句只要依靠感觉就足够了。感觉的敏锐就能产生俳句的深刻"。(《俳句研究》) 此句即是如此。"水枕"是即物性的感觉，"寒冷的大海"是死神的阴影。虚无缥缈、不可捉摸的死神的阴影化为实实在在的"大海"，即把观念的感觉寄寓现实的物象里。"扑哧"是作者的脑袋在水枕上转动发出的声音，这一声使躺卧病床的三鬼变成在阴森森的大海上徘徊游荡的三鬼。如果没有"扑哧"这一声，整个作品就死气沉沉。《三章》的其他两首是"水枕冰凉浸小脑，仿佛看见小鱼游。""苦恼失眠症，鱼在远海游。"

西东三鬼

兵隊がゆくまつ黒い汽車に乗り

漆黑的火车，
满载士兵出征。

*赏析

此句题为《黑》。作于昭和十二年（1937），共三首，另两首是“黑色的军舰，载着和尚，静悄悄地出海。”“雷声撕裂乌云，一群夜间的女人。”当时日本军队已经侵占我国东北，日本国内到处征兵，战争气氛异常浓厚。火车满载着出征的士兵开动了。作者在自己体验的物象上涂抹漆黑的颜色，强调火车的“漆黑”，是不吉利的预兆，这是作者厌战情感的流露。三鬼通过客观的描述表现心头的不安和反感。第二首表现连“和尚”都被征兵，乘坐的军舰静悄悄地出海，把和尚送往前线。军舰也是“黑”的，预示着死亡。

芝不器男

寒鴉己が影の上におりたちぬ

寒鸦飞来，
落我身影上。

芝不器男（1903—1930）

高中时开始创作俳句，二十七岁夭折，如彗星在昭和初期的俳坛光芒四射，迅即消失。他以充满近代感觉的抒情性作品讴歌青春时代，成为通往现代俳句的先驱者之一。

*季语　寒鸦

*赏析

一只乌鸦在荒凉萧瑟的冬天飞落，站在自己的身影上。作者确切地把握时间和空间，以感觉的敏锐集冬景于寒鸦一身，其实反映出的正是作者的孤影。

松本孝

冬山の倒れかかるを支へ行く

寒冬山欲倾，
独力去支撑。

松本孝（1906—1956）

其父为宝生流能演员，但以病弱，终无法继承父业，师从高滨虚子学俳句。《杜鹃》同人，与中村草田男、川端茅舍等成为俳坛重镇。尤其与同样病魔缠身的茅舍同病相怜，交往甚密，两人的俳句都多使用“如”“似”之类的比喻，其句境亦被称为“茅舍净土”“孝净土”。他的俳句始终贯穿着宝生流能的艺术精神，时而流露出病人纤细脆弱的神经感受，时而表现出刚毅顽强的性格，时而色彩华丽，具有唯美倾向，追求表现形式的完整美。

*季语　寒冬

*赏析

此句是作者于昭和十九年（1944）游天龙溪谷所作的二十三首之一，题记为“独自到信（浓）远（州）交界的天龙溪谷的最险峻处，时战局渐感重压”。在溪谷的最惊险处，激流从对峙的陡峭山崖奔泻而下，惊心动魄。作者一面感受着峭壁“欲倾”的重压，一面以仿佛独撑巨险的力量疾行山道。后来，作者这样描述当时的心情：“昭和十九年一月前后，我独行天龙峡谷创作俳句。自己的生命在巨大险峻的大自然面前折服而昂扬，同时不由得不痛感处在战争的严重时期里日本国民生活的痛苦。应该如何活下去？应该如何行动？——这些不安的思虑融合在一起，深深潜入心底，创作出那些作品。”这一段话充分表达作者创作这些俳句时的心情，在忧国忧民的极其压抑的苦闷之中，把自己全身心融化于大自然里，在病弱的身体里燃烧着坚强的生命。其他俳句有“木头漂流去，俯瞰冬日寒”“激流崩落去天龙，群山正冬眠”等。

松本孝

炭竈（すみがま）に塗込（ぬりこ）めし火（ひ）や山眠（やまねむ）る

火被泥封炭窑里，
群山正冬眠。

*季语　山眠

*赏析

此句为代表作之一。在萧条冷寂的山脚下筑起小炭窑，开始烧炭。从窑口塞进许多树木，塞满后点火，然后用泥土把炭窑封住，只留下窑口的通风口，最后将窑口和烟囱关闭，让其灭火，逐渐冷却。此句描写用泥土将炭窑封住这个阶段的情景。烟囱还冒着缕缕薄烟，炭窑似乎在冬天的群山一起沉睡，其实它的心中藏着烈焰。尽管看不见窑中的火焰，但这烈火在作者的胸中燃烧，注视群山，更感觉深沉的宁静。

松本孝

夢(ゆめ)に舞(ま)ふ能美(のううつく)しや冬籠(ふゆごもり)

梦中能乐舞翩跹，
却是隆冬蛰伏时。

* 季语　蛰伏

* 赏析

这里的“蛰伏”是其原本含义，指雪国寒冬，人们不到户外，只是笼居家中，烧起地炉，读书喝酒，准备春耕，度过漫长的冬天。

能乐（能）是最具有代表性的日本传统艺术形式之一，佩戴面具演出的古典歌舞剧，与歌舞伎一样在国际上享有声誉。作者出生于能乐师家庭，其父是宝生流能乐演员，但他由于病弱，无法继承父业，但是他有一定的能乐修养。这首俳句意为自己在梦中跳起能乐舞蹈，非常优美，但梦醒以后，意识到现在蛰伏家里，笼闭雪中，无法舞蹈。

这里的“梦境”不仅是生理现象，更包含着作者本人的希望，尽管他在现实中无法表演能乐，但在梦中是自由的、舒展的，如愿以偿，感受到能乐舞台艺术的美感。然而，他的愿望只能在梦境中实现，又让他感到悲哀，原来自己的希望就如笼居雪中的身体一样，不能尽如人意。“舞翩跹”之美与“蛰伏”形成正负对照，越是感觉梦中的舞蹈优美，就越对自己命运的阴影加深，他的俳句与能乐的艺术精神一脉相通。

风雅俳句：初冬小阳春

播讲人｜陈修齐（日本文学硕士、日语译者）

图书在版编目（CIP）数据

初冬小阳春 / 郑民钦编著. —北京：现代出版社，2019.11

（风雅俳句系列）

ISBN 978-7-5143-7679-1

Ⅰ. ①初…　Ⅱ. ①郑…　Ⅲ. ①俳句－诗歌欣赏－日本　Ⅳ. ①I313.072

中国版本图书馆CIP数据核字（2019）第132527号

初冬小阳春

作　　者：郑民钦
责任编辑：申　晶　朱文婷
出版发行：现代出版社
通讯地址：北京市安定门外安华里504号
邮政编码：100011
电　　话：010-64267325　64245264（传真）
网　　址：www.1980xd.com
电子邮箱：xiandai@vip.sina.com
印　　刷：北京瑞禾彩色印刷有限公司

字　　数：92千字
开　　本：880mm×1230mm　1/32
印　　张：5.25
版　　次：2019年11月第1版
印　　次：2019年11月第1次印刷
书　　号：ISBN 978-7-5143-7679-1
定　　价：52.00元